DOTATION

ET

RÉFORME.

Par E. L.

(Emile Laurent)

Point de dot !
Réforme !
— LE PEUPLE. —

PARIS,

SCHWARTZ ET GAGNOT,

Quai des Grands-Augustins.

NANCY

CHEZ HINZELIN ET Cᵉ, LIBRAIRES-ÉDITEURS,

RUE SAINT-DIZIER, Nᵒ 67

1840.

DOTATION

ET

RÉFORME,

Par E. L.

Point de dot !
Réforme !
— LE PEUPLE. —

PARIS,
SCHWARTZ ET GAGNOT,
Quai des Grands-Augustins.

NANCY
CHEZ HINZELIN ET Cᵉ, LIBRAIRES-ÉDITEURS,
RUE SAINT-DIZIER, N.º 67
1840.

NANCY, IMPRIMERIE DE HINZELIN ET C°.
Place du Marché, 67.

A MM. les Députés.

AU SUJET DE LA DOTATION.

*La discussion sur le projet dotal va bientôt être
ouverte. Espérons qu'il n'en sera pas de même de
notre poche.* CHARIVARI.

Pourquoi donc lésiner sur la dot de ce prince ?
Nos chers représentants , vous avez l'air bourgeois...
De Némours , on le sait , la fortune est trop mince
Pour faire un digne rang à la Cobourg, son choix...
— Mais , dites-vous , la femme , à laquelle il s'allie ,
Que n'a-t-elle de l'or pour suffire à ce rang ?
— Fi ! quelle objection !... Comptez-vous, je vous prie,
    Pour rien la noblesse du sang ?

Cette Cobourg`, Messieurs , est de haute lignée.....
Et son futur n'est fils que d'un roi-citoyen !
Par compensation , cette vierge bien née
Doit donc de son époux recevoir quelque bien.....
C'est fort juste et fort clair — Mais je pressens encore
Une autre objection... Oh ! je vous vois venir!.....
— « Un père doit doter son fils » — Chambre pécore !
      — C'est qu'elle le dit sans rougir !...

Cette coutume là n'est nullement royale.....
Le peuple seul la sait et la met en vigueur !
— Qu'a de commun le peuple, être mal peigné, sâle,
Avec la royauté?.....Bassesse avec grandeur ?
Le vil manant peut bien de sa progéniture
Contenter les besoins , lui ménager du pain.....
Là-haut parle autrement la voix de la nature :
      — Le fils aux sujets tend la main !...

Ils lui doivent sa dot au fait ; — l'ennui du trône
Ne peut trop se payer , messieurs les Rodomonts !...
— Plus de lésinerie ! Au fils de la couronne ,
Tranchant du généreux , jetez des millions.....
Il prendra bien, — il est d'un si beau caractère ,
Des millions au lieu des cinq cent mille francs !.....
Votez, — n'écoutez pas les cris du prolétaire.....
      Jetez son or, représentants !.....

LA RÉFORME.

Voyez déjà l'esprit de vertige s'emparer de vos ennemis ; voyez-les trahir leur frayeur par de stupides violences. Quoi ! il ne sera pas permis, suivant eux , aux défenseurs de l'ordre public de réclamer le droit légal d'intervenir dans la chose publique !   LAMMENAIS.

La charte reconnait électeur , éligible ,

Quiconque paie au fisc un impôt convenu.....

De redresser la loi , — portant un coup sensible

Aux droits nationaux , le moment est venu :

Des réclamations pullulent par la France.....

Contre cette injustice , elle n'a qu'une voix !

Chacun veut mettre fin à l'état de souffrance,

    Qui pèse , honteux , sur ses droits.....

La garde citoyenne a compris son grand rôle !

— La liste se remplit ; le progrès va bon train.....

De toute part on crie : à mort le monopole !

— Qu'il meure !... Son trépas seul peut servir de frein.

La nation murmure , est juste sa colère....,.

Qu'on cède à sa demande et finiront ses cris !...

D'un refus grandirait l'orage populaire...

  — Trop de sang coula dans Paris !!!

A quoi donc du passé les leçons servent-elles ?

— Le peuple veut des droits compensant ses devoirs....

Les lois ne doivent pas nous régir , immortelles ,

Mais suivre le progrès , messieurs des trois pouvoirs !

Tel qu'il est , avec son étroite limite ,

Le mode électoral ne peut plus subsister.....

D'autres , outre les gens , dits électeurs d'élite ,

  Doivent être admis à voter.....

Pourquoi les éloigner de l'urne électorale ?

— C'est qu'ils n'ont pas l'esprit sensé des financiers.....

Hélas ! Ils sont privés de la puissance orale

Et du discernement de nos bons épiciers.....

Lammenais.....(*) pauvre sot ! être épais, sans lumières !

(*) On sait qu'il n'est pas électeur.

— Voilà le point absurde où ce mode conduit !.....
Agite, Cormenin, tes piquantes laniè res.....
   — Tu ne fais pas en vain du bruit !

Qui fit tomber à l'eau le projet d'apanage ?
Ce fut toi, Cormenin, de ton mordant pamphlet...
Et la dotation , qui , pénible , surnage ,
Ta verve encor sans doute en noiera le projet !...
— Le peuple met en toi toute son espérance.....
Il veut prendre enfin part au choix du député !
— Par toi , pour relever les parias de France ,
   Déja pamphlet fut enfanté !.....

Tes coups feront effet : ta cause est juste et sainte !
— Formez le même vœu , gardes-nationaux ;
Trembleur juste-milieu , bannis ta lâche crainte...
Fermes , tous réclamez vos droits électoraux !!!
— Notre gouvernement n'est pas de la nature
Qu'on a promise au peuple — en révolution!....
— En masse , donne donc, peuple , ta signature,
   Pour réformer l'élection !.....